AF602968

Vente du Samedi 5 Juin 1909
(HOTEL DROUOT)

CATALOGUE

DE LA

BIBLIOTHÈQUE

DE FEU M. A. B.....

DEUXIÈME PARTIE

Trente Mille Dessins, Gravures ou Lithographies

CARICATURES, COSTUMES
ESTAMPES DIVERSES, ANCIENNES ET MODERNES
ORNEMENTATION, PLANS, VUES, ETC.

Quarante Mille Portraits anciens et modernes

DE PERSONNAGES CÉLÈBRES DE TOUS LES TEMPS ET DE TOUS LES PAYS

Ouvrages divers, Recueils de Planches
Autographes

PARIS
ÉM. PAUL ET FILS ET GUILLEMIN
Libraires de la Bibliothèque Nationale
28, RUE DES BONS-ENFANTS, 28

1909

Paris. — Typ. Ph. Renouard, 19, rue des Saints-Pères. — 48783

LA VENTE AURA LIEU

Le Samedi 5 Juin, à 2 heures précises du soir

A L'HOTEL DES COMMISSAIRES-PRISEURS, 9, RUE DROUOT

SALLE N° 8

Par le ministère de Me **PAUL SCOTÉ**, Commissaire-Priseur

85, RUE SAINT-LAZARE, 85

Assisté de **MM. ÉM. PAUL et FILS et GUILLEMIN**, Libraires-Experts

28, RUE DES BONS-ENFANTS, 28

ORDRE DE LA VACATION

NUMÉROS	527 à 625
—	503 à 526

EXPOSITION du *mardi 1er au jeudi 3 juin 1909*, 28, rue des Bons-Enfants, de 2 heures à 4 heures.

CONDITIONS DE LA VENTE

La vente se fait expressément au comptant.

Les adjudicataires paieront 10 pour cent en sus des enchères.

Les experts se réservent la faculté de vendre séparément les articles réunis sous un seul numéro.

Les livres devront être collationnés dans les vingt-quatre heures de l'adjudication. Passé ce délai, ils ne seront repris pour aucune cause.

Les Libraires chargés de la vente rempliront, aux conditions d'usage, les commissions des personnes qui ne pourraient y assister.

CATALOGUE

DE LA

BIBLIOTHÈQUE

De Feu M. A. B...

DEUXIÈME PARTIE

OUVRAGES DIVERS. — RECUEILS

503. For de la Nouerre (de) : De la possibilité de faciliter l'établissement général de la Navigation intérieure du royaume, de supprimer les corvées et d'introduire dans les travaux publics l'économie que l'on désire... 2 vol. — Réfléxions sur le projet de l'Yvette, pour servir de supplément aux détails de ce projet, inséré dans un livre intitulé : De la possibilité de supprimer les corvées... *Paris, chez l'auteur*, 1786. — Ens. 3 vol. in-8, 3 plans gr. et pliés, mar. vert, dos orné, fil. tr. dor. (*Rel. anc.*)

   Exemplaire sur GRAND PAPIER avec les plans COLORIÉS. Légère mouillure.

504. Deuxième Recueil de divers Mémoires extraits de la Bibliothèque impériale des Ponts et Chaussées à l'usage de MM. les Ingénieurs, publié par P.-C. Lesage. *Paris. Hacquart*, 1808, in-4, portr. et 10 pl. gr. mar. r. à long grain, dos orné, dent. et comp. doublé et gardes de tabis bleu, dent. tr. dor. (*Tessier.*)

505. Reliure ancienne in-8, en maroquin rouge, dos et angles fleurdelisés, aux armes du Duc D'AUMONT (224 × 135 mill.).

506. ALMANACH DANSANT, ou Positions et attitudes de l'Allemande, avec un discours préliminaire sur l'Origine et l'utilité de la danse... par Guillaume, maître de danse, pour l'année 1770, où se trouve un Recueil de contre danse et

menuets nouveaux (de la composition des sieurs Sauton, Labante et autres). *Paris Valade, s. d.* (1770), pet. in-8, titre-front. 12 pl. gr. non signées, 32 pp. de texte et 4 pp. de musique gr. ajoutées (ch. de 5 à 8), br. couverture de papier bleu.

Ouvrage très rare.
Le frontispice et la planche 6 sont doublés.

507. Almanach des Dames, *Tubingue et Paris; Treuttel et Würtz*, 1813-1823, 7 vol. in-16, titres-front. portrait et fig. gr. mar. r. à long grain, dos orné, dent. tr. dor. (*Rel. de l'époque, non uniforme.*)

Années 1813 à 1816, 1818, 1821 et 1823.
On a ajouté : Calendrier de la Cour impériale, ou le Nouveau Colombat pour l'année mil huit cent sept. *Paris, Debray*, 1807, in-18, mar. r. dos orné, fil. tr. dor. (*Rel. anc.*)

508. La Patte du Chat, conte zinzinois (par Jacq. Cazotte). *A Grognoniana* (*Paris*), 1743, in-12, mar. r. dos orné, fil. tr. dor. (*Rel. anc.*)

509. Contes de Paul-Philippe Gudin, précédés de recherches sur l'origine des Contes, pour servir à l'histoire de la poésie et des ouvrages d'imagination. *Paris, Dabin*, 1804, 2 vol. in-8, mar. vert, dos orné, dent. (*Rel. anc. non unif. remboîtée.*)

Exemplaire aux armes de JOLY DE FLEURY.

510. Atlas du plan général de la ville de Paris, levé géométriquement par le Cen Verniquet. Rapporté sur une échelle d'une demie ligne pour toise, divisée en 72 planches, compris les cartouches et plans des opérations trigonométriques. *Paris, Verniquet, an IV* (1796), gr. in-fol. 72 pl. gravées par Bartholomé et Mathieu, en feuilles.

511. Souvenirs de voyage : Huit jours en Bourgogne. — Album in-4 obl. cart. percal. tr. dor.

CURIEUX MANUSCRIT exécuté vers 1850, orné d'environ QUARANTE-CINQ DESSINS au crayon, à la plume ou aquarelles et de curieuses lettres majuscules en couleur : ces illustrations portent le monogramme H. J.
Ce récit, écrit d'une façon humouristique, est resté inachevé et comprend seulement 12 ff. écrits au recto ; il s'arrête à l'arrivée de l'auteur à Vermenton (son pays natal ?).

512. Guide des Étrangers dans Toulouse et ses environs, contenant des notices historiques et descriptives sur les monuments ou édifices publics ou privés anciens et modernes; sur les bibliothèques, musée, fontaines, embellissements, etc., suivi d'une notice sur les eaux minérales

des Pyrénées. *Toulouse*, *Pradel*, 1839, in-16, plan gr. et pl. mar. grenat, dos orné, fil et comp. dor. et à froid, tr. dor. (*Rel. de l'époque.*)

Exemplaire portant sur le premier plat de la reliure le chiffre de FERDINAND-PHILIPPE, DUC D'ORLÉANS, fils aîné de Louis-Philippe Ier, avec le cachet de sa bibliothèque sur le faux-titre.

513. Verona illustrata (par Franc. Scip. Maffei). *Verona, Vallarsi e Berno*, 1731-1732, 4 parties en 1 vol. in-fol. à 2 col. nomb. fig. gr. sur cuivre, mar. r. dos orné, fil. tr. dor. (*Rel. anc.*)

ÉDITION ORIGINALE.
Exemplaire aux armes et au chiffre du DUC DE SAINT-AIGNAN.
Légère mouillure; petite éraflure sur les plats de la reliure.

514. L'Histoire de Gustave Adolphe dit Le Grand, et de Charles-Gustave comte Palatin, roys de Suède et de tout ce qui s'est passé en Allemagne depuis la mort du Grand Gustave, jusqu'en l'an 1648, par le sieur R. de Prade. *Paris, Hortemels*, 1686, in-12, mar. r. dos orné, fil. tr. dor. (*Rel. anc.*)

Exemplaire aux armes de Nicolas-Gabriel de LA REYNIE, lieutenant de police et conseiller d'État, avec sa *signature autographe* sur un f. de garde.

515. Traité des Édifices, meubles, habits, machines et ustensiles des Chinois, gravés sur les originaux dessinés à la Chine par M. Chambers, architecte anglois. Compris une description de leurs temples, maisons, jardins, etc. (et de différents jardins Anglo-Chinois, par Le Rouge, Ingénieur-géographe du Roi). *Paris, Le Rouge*, 1776-1787, 18 parties en 3 vol. in-fol. obl. pl. gr. demi-rel. bas. ant. marb. avec coins, tr. r.

Cahiers 1 à 19 de cette importante collection illustrés de 462 planches plus 12 planches supplémentaires des cahiers 20 et 22. — Transpositions de cahiers et de planches. Les cahiers 18 et 19 ne forment qu'une partie. Cassure à la 2e planche du cahier 14. La 1re planche du cahier 3 manque. — Légères mouillures.

516. Galerie françoise, ou Portraits des hommes et des femmes célèbres qui ont paru en France, gravés en taille-douce par les meilleurs artistes sous la conduite de M. Restout (et M. Cochin),... avec un abrégé de leur vie par une société de gens de lettres (MM. J.-B. Collet de Messine, Bergon, Coquereau, Dupoirier, Hérissant et autres). *Paris, Hérissant*, 1771-1772, 2 tomes en 8 livraisons in-fol. 40 portr. par Aved, de Champagne, Cochin, Restout, Rigaud, Miger, Moitte, Vanloo, etc., *couvertures*.

Piqûres de vers.

517. Ouvrages divers contenant des Portraits de personnages anciens et modernes, français et étrangers. — 450 portraits modernes en 2 vol. in-4, demi-rel. bas. r. et en feuilles.

Galerie universelle de portraits des personnages illustres anciens et modernes lithographiée. *Paris, Blaisot, s. d.* 182 portraits (*sans texte*). — Portraits de tous les membres de l'Institut Royal de France. *S. l.* (*Paris*), 1820-1825, 182 portraits par ordre alphabétique lithog. par Jules Boilly (*sans texte*). — Galerie française. *Paris, Firmin-Didot*, 1821, front. et 171 portraits accompagnés de notices biographiques. — Dictionnaire biographique de la Sardaigne. *Turin*, 1837, 64 portr. lithog. (*sans texte*). — Historisch-chronologische Galerie, von Ant. Dethier. *Bonn*, 1832, 23 pl. accompagnées de texte.

518. Costumes et Annales des Grands Théâtres de Paris, en figures coloriées, accompagnées de notices intéressantes et curieuses, par une Société de gens de lettres et d'artistes. *Paris*, 1787, in-4, 13 pl. gr. dont 5 en couleur, v. f. ant. dos orné, fil.

Deuxième année, complète de texte, mais incomplète de planches.

519. GALERIE THÉATRALE, ou Collection des portraits en pied des principaux acteurs des trois premiers théâtres de la Capitale, gravés par les plus célèbres artistes. *Paris, Bance, s. d.* (1840), 3 vol. gr. in-4, front. répété a chaque vol. demi-rel. v. brun, dos orné, ébarbé.

Belle publication ornée de 144 portraits des premiers artistes de Paris représentés dans leurs principaux rôles et accompagnés d'une notice historique.

Exemplaire complet mais qui a été relié par genre de théâtres et non selon l'ordre des tables imprimées. On a ajouté en tête de chaque volume des *tables manuscrites* avec les noms des acteurs tels qu'ils sont placés avec le lieu et l'année de leurs naissances et celles de leurs débuts dans chaque théâtre.

Petites taches d'encre sur les titres des tomes I et III.

520. Nouvelle Collection de Costumes Suisses des XXII cantons, d'après les dessins de Mr F. Kœnig, Lory et d'autres. *Züric, Orell, Fussli et Cie, s. d.* in-12, texte en français et en allemand et 60 pl. de costumes gr. et COLORIÉES, cart. fil. tr. dor.

---

521. Albums contenant des croquis de motifs d'architecture, de sculpture et d'ornementation, des plans, des vues de paysages et de monuments, etc. — 4 Albums de divers formats contenant environ 150 DESSINS au crayon, à la plume ou à l'aquarelle, cart.

Ces dessins sont généralement accompagnés de notices manuscrites au crayon. On y remarques des vues de Touraine, du Dauphiné, de l'Allier, etc.

522. ORNEMENTATION (Motifs d') dans tous les genres. — 358 DESSINS anciens fixés dans un Album in-fol. vélin marb.

Important recueil formé au XVIIIe siècle et composé en grande partie de calques à la plume.

523. Vues et Plans du Collège des Quatre nations et des Châteaux de Clagny et de Versailles. *Paris*, *Mariette*, 1678. — Réunion de 20 planches la plupart de double grandeur par Chevotet, Jules Hardouin Mansart, gravées par Fr. Blondel, Michel Hardouin, Mariette, etc. en 1 vol. in-fol. cart.

Exemplaire monté sur onglets. — Légère cassure à 2 planches.

524. ARCHITECTURE FRANÇAISE, ou Recueil des Plans, élévations, coupes et profils des Églises, Palais, Hôtels et Maisons particulières de Paris et des Châteaux, Maisons de campagne des Environs et de plusieurs endroits de France par Marot père et fils *S. l. n. d.* (*Paris*, *Mariette*, 1727), in-fol. v. brun ant.

Recueil contenant 2 feuillets de table et 172 planches gravées, la plupart de Jean Marot. Un certain nombre de ces planches sont de double grandeur et celles concernant le Louvre et les Tuileries se développent sur une certaine longueur.

Cassure aux feuillets de table. La planche représentant le tombeau de M. de Souvré manque.

525. (RECUEIL D'ORNEMENTS propres à la décoration des palais, maisons, alcôves, placards, cheminées, chapiteaux, portes cochères, etc. Jeux d'enfants, figures, barques et chariots chinois et arabesques par J. Le Pautre, Dumont, J. Pillement et F. Boucher). *Paris*, *Langlois*, *Jombert*, *Mariette*... 1744-1762, pet. in-fol. cart.

Précieux Recueil comprenant 153 planches contenant 178 sujets, ainsi divisé :

LE PAUTRE : Termes, supports et ornements pour embellir les maisons et les jardins, 6 pl. — Alcôves à la françoise, 6 pl. (*2 exemplaires*). — Alcôves à l'italienne, 6 pl. — Portes, 6 pl. — Nouveaux dessins de cheminées à l'italienne, 6 pl. — Différents morceaux d'ornements pour servir aux frises et corniches, 4 pl. — Frises pour les architraves, corniches et autres ornemens d'architecture, 6 pl. — Rinceaux de frises et feuillages, 6 pl. — Frises et ornements à la moderne, 6 pl. — Grotesques et moresques à la moderne, 6 pl. — Lambris à la Française, 6 pl. — Ornements pour embellir les chapiteaux, architraves, frises et corniches, 6 pl. — Portes cochères, 6 pl. — Décoration intérieure, 6 pl.

DUMONT : Suite de ruines d'architecture, 7 pl. — Parallèle de grands entablements et de charpentes à l'italienne, 8 pl. — Fontaine du cavalier Bernin à Rome, grande pl. pliée.

PILLEMENT : Cahier de figures chinoises, 6 pl. — Cahier de barques et chariots chinois, 5 pl. (*sur* 6) contenant 10 sujets. — Recueil de plusieurs jeux d'enfants chinois, 15 pl.

BOUCHER (F.) : 5 cahiers d'arabesques (de 1 à 5), 11 pl. contenant 30 sujets.

526. CABINET DU ROI. Recueil d'estampes (vues et plans de monuments) exécutées par ordre de Louis XIV. — 4 vol. gr. in-fol. mar r. dos orné, fil. et comp. à la Du Seuil, tr. dor. (*Rel. anc.*)

Très bel exemplaire de la partie concernant l'architecture de cette collection célèbre, connue sous le nom de *Cabinet du Roi*. Ces 4 volumes, en reliure uniforme, sont aux armes et aux chiffres de Louis XIV et ont fait partie de la bibliothèque du Château de *Choisy-le-Roy*, dont le nom est frappé en or sur le premier plat de la reliure de chaque volume ; ils renferment :

1. Chateaux du Louvre et des Tuileries, 11 pièces en 9 planches, gravées par Séb. Le Clerc, Israël Silvestre et J. Marot. — *Ornemens de peinture et de sculpture qui sont dans la Galerie d'Appolon au chasteau du Louvre et dans le grand appartement du Roy au palais des Tuilleries, dessinez et gravez par les sieurs Bérain, Chauveau et Le Moine*, 29 pl. — Ens. 38 pl. gravées de 1670 à 1710.

2. Hotel des Invalides, 22 pl. gravées par J. Marot, Le Pautre et Scotin, de 1710 à 1711.

3. Chateau de Versailles, 29 pl., y compris celle de la *Franche-Comté reconquise*, gravées de 1664 à 1689 par F. de Lapointe, Israël Silvestre, Nolin et Le Pautre. (*Légère mouillure à la marge inférieure de quelques planches*).

4. Maisons royales de France : *Palais Royal*, 2 pl. dessinées et gravées par La Boissière en 1679. — *Châteaux de Vincennes*, 3 pl. gravées par Israël Silvestre, J. Marot et Brissart en 1688. — *Madrid*, 1 pl. gravée par J. Marot en 1676. — *Saint Germain en Laye*, 3 pl. gravées par Israël Silvestre en 1666 et 1667. — *Fontainebleau*, 8 pl. gravées par Dorbay et Israël Silvestre de 1666 à 1682. — *Monceau*, 3 pl. gravées par Israël Silvestre de 1673 à 1680. — *Chambord*, 2 pl. gravées par Israël Silvestre de 1676 à 1678. — *Blois*, 2 pl. gravées par Israël Silvestre et Dorbay de 1672 à 1677. — *Compiègne*, 1 pl. gravée par Dorbay en 1677. — Ens. 25 planches.

AUTOGRAPHES ET DOCUMENTS MANUSCRITS

527. Acteurs, Actrices, Compositeurs, Auteurs dramatiques, Littérateurs, Journalistes, etc. — Réunion de 100 lettres et billets autographes.

Sarah Bernhardt, Léon Vasseur, Seriwaneck, Landrol, Lecoq, Samson, Savary, Semet, Beauvillet, Beauchesne, Belmont, Bianca, Bienaimé, Bocage, Zulma Bouffar, Bouffé, Achard, Agar, Augusta, Ancelot, Jaime, A. Soumet, Maquet, d'Ennery, Saintive, Aurélien Scholl, Albéric Second, Adolphe Belot, Henri de Bornier, Edmond About, Th. de Banville, Théodore Barrière, Albert Wolff, etc. etc.

528. Architectes : Lettres et billets autographes d'Architectes de la première moitié du XIXe siècle, et lettres et billets autographes d'ingénieurs, peintres, sculpteurs. — Réunion de 170 pièces.

529. Bibliographie des Beaux-Arts et de l'Architecte, 21 vol. in-4, brochés. — Bibliographie de l'Art militaire, 12 cartons.

Travail *manuscrit* datant des vingt premières années du XIXe siècle, comprenant plusieurs milliers de fiches donnant les titres des livres.

Pour la *Bibliographie des Beaux-Arts* les fiches sont collées au recto et au verso des pages des volumes ; pour la *Bibliographie de l'Art militaire*, les fiches sont en feuilles classées dans les cartons.

530. **BOIELDIEU** (François-Adrien), célèbre compositeur dramatique, né à Rouen en 1775, mort à Paris, en 1834 : *Vingt-huit lettres et billets autographes* adressés par Boieldieu à M. Alexandre Du Bois, architecte du Gouvernement; six de ces lettres sont datées de 1821, 1822 et 1823; les autres sont non datées, mais sont de la même époque. — Billet (non daté) du *Mariage de Boieldieu avec madame veuve Bertin*. — *Trois lettres autographes de Adrien-Louis Victor Boieldieu, fils*, né à Paris en 1816, mort en 1883, également adressées à M. Du Bois. — Ensemble 32 pièces.

Dossier très curieux sur la vie intime du célèbre compositeur. — Les 28 lettres sont presque toutes relatives à la maison de campagne que *Boieldieu et Madame Bertin* faisait construire à Villeneuve-Saint-Georges. Leur ami, M. Du Bois, leur servait de bon conseiller et vérifiait les mémoires des entrepreneurs. Boieldieu eut tant de contrariétés et subit tant de tribulations dans ce rôle de propriétaire, que la maison était à peine achevée, qu'il songeait à la revendre. — Dans ces lettres il est aussi question d'achat de terrains et d'immeubles à Paris, d'aménagement d'un appartement à Paris *pour Boieldieu, Madame Bertin et le fils de Madame Bertin.*

531. Documents officiels, lettres et circulaires, datés de 1809 à 1836, émanant des divers ministères et portant les signatures de ministres, sous-secrétaires d'État, conseillers d'État, et fonctionnaires divers. — Réunion de 46 pièces.

532. — techniques et bibliographiques sur les Beaux-Arts et principalement sur l'architecture, la ventilation, l'éclairage par le gaz et le chauffage des théâtres et salles de spectacles, de Paris et de Londres de 1819 à 1824. — Un fort lot.

533. Douai : Lettres et documents officiels datés de 1810, 1811, 1813 et 1814 concernant les *Travaux à effectuer pour l'installation de la Cour d'appel, du Tribunal de première instance et de la Sous-Préfecture de Douai.* — Réunion de 14 pièces signées ou entièrement autographes du Sous-Préfet, des Procureurs général et impérial, des Présidents et juges du Tribunal de première instance de Douai adressées à M. le Comte de Montalivet, ministre de l'Intérieur et à M. le Duc de Massa, ministre de la Justice.

534. Lille : Documents divers. — Réunion de 5 pièces.

Ordonnance du Roi du 6 août 1807 concernant la suppression du Dépôt de mendicité dans les bâtiments de l'ancienne abbaye de Looz et la création d'une maison centrale de détention dans les mêmes bâtiments. — Note indicative de la situation des fonds affectés à la construction de la maison centrale de Loos, 30 août 1821, pièce portant la signature du Préfet du Nord. — Deux pièces datées du 4 novembre 1830, dont une porte la signature du préfet du Nord, concernant les tentures des cours et tribunaux en vue de faire disparaître les fleurs de lys qui existent à l'intérieur et à l'extérieur des Palais de justice et autres monuments publics. — Requête de M. Beugnot, *en mission dans le département du Nord*, adressée au ministre de l'Intérieur pour demander une indemnité en faveur de *M. de Ghesquières, sous-préfet de Cassel, dont le mobilier a été détruit et brûlé lors de la dévastation de la sous-préfecture faite par les conscrits insurgés le 22 novembre 1813*, pièce datée de *Lille, 25 janvier 1814*, et portant la signature de M. Beugnot.

535. Préfets : Documents officiels, lettres de service et circulaires datés de 1810 à 1836 et portant les signatures des préfets de divers départements. — Réunion de 72 pièces.

Pièces datées de Albi, Amiens, Auch, Arras, Aurillac, Auxerre, Avignon, Beauvais, Bordeaux, Cahors, Clermont-Ferrand, Digne, Draguignan, Le Mans, Limoges, Lyon, Mâcon, Melun, Montauban, Montbrison, Nantes, Nevers, Orléans, Périgueux, Perpignan, Poitiers, Rouen, Tarbes, Toulouse, Tulle, Vannes, Versailles.

DESSINS. — GRAVURES. — LITHOGRAPHIES.

536. Acteurs : Portraits d'artistes lyriques et dramatiques français et étrangers. — 185 pièces gravées ou lithographiées.

537. Actrices : Portraits d'artistes lyriques et dramatiques de la France et de l'étranger. — 290 pièces gravées, lithographiées, photographiées ou dessinées.

538. Algérie : Vues de monuments de Tlemcen. — 9 jolies aquarelles in-8 et petit in-4.

539. Aquarelles : Vues de paysages et de monuments. — 25 pièces de tous formats.

540. Architectes, Architectonographes, Ingénieurs. Officiers du génie, Archéologues, Antiquaires et personnages divers qui ont fait exécuter des édifices célèbres, de tous les pays du monde, depuis l'antiquité la plus reculée jusqu'à nos jours, classés par ordre alphabétique de noms. — 7 cartons gr. in-fol.

Réunion importante de plus de deux mille portraits anciens et modernes, de tous formats : dessinés au crayon, gravés, lithographiés ou photographiés, portraits-charges en noir ou en couleur.

Ces portraits sont généralement accompagnés de notices manuscrites et imprimées et quelques fois de fac-similés d'écritures; les dessins, très bien exécutés y sont nombreux.

541. ARCHITECTURE : **Plans, coupes et élévations de maisons particulières.** — 92 DESSINS ou AQUARELLES en 3 cah. in-fol.

1. Hôtel de M. de Laborde, rue de la Chaussée-d'Antin à Paris, 4 plans et 7 aquarelles.
2. Château de la Brûlerie dans le Loiret, 57 plans et 6 aquarelles.
3. Maison de M. Korn, rue Saint-Maur à Paris, 18 plans.

542. — **Plans divers, Projets et Etudes de monuments publics et privés** (Palais, temples, églises, théâtres, prisons, ponts, promenades, habitations particulières, tombeaux, parcs, charpentes, etc.), Etudes géométriques, Plans de sièges ou de batailles, etc. etc. — 460 pièces, dont 430 DESSINS à la plume, au crayon, calques, etc. parmi lesquels un grand nombre soigneusement AQUARELLÉS.

543. BOUCHER (Attribué à François) : Tête de femme. — DESSIN au crayon noir et à la sanguine soigneusement monté (H. : 11 cent. L. : 9 cent.)

544. CARICATURES politiques et autres et Portraits-charges, par Cham, Gavarni, Grandville, Lorenz, Pigal, Traviès, Vernier, etc. extraites du *Charivari*. — Plus de 1.300 pièces in-4 lithographiées, dans 5 cartons.

545. — politiques et autres et Portraits-charges, par Bertall, Cham, Dantan, Gavarni, Lorenz, Nadard, Quillembois, Stop, Töpffer, Traviès ; Draner, Gill, Grévin, Gilbert Martin, Moloch, Robida, etc. — 1260 pièces en noir ou *en couleur*.

Pièces parues dans divers journaux illustrés de 1835 à nos jours : le Charivari, l'Illustration, la Revue comique (*les 31 premières livraisons*), le Monde comique, le Journal amusant, le Journal pour rire, Don Quichotte, le Grelot, la Lune, etc., etc.

546. — politiques et autres françaises et anglaises du milieu du XIXe siècle. — 42 pièces de tous formats en noir et EN COULEUR.

20 de ces planches sont extraites du Journal *la Caricature*, d'autres font partie de diverses suites.

547. CÉRÉMONIES diverses. — 5 pièces gr. in-fol.

Décoration funèbre à l'occasion de la mort du Prince de Condé, 1687, par Dolivar d'après Berain. — Conclave pour l'élection du pape Innocent XII, 1691. — Pompe funèbre de Marie-Thérèse d'Espagne, Dauphine de France en l'Eglise Notre-Dame de Paris, le 24 novembre 1746, par C. N. Cochin. — Louis XV à la cascade de Trianon, par C. Cochin. — Cortège de S. M. Napoléon Ier an XIII (?).

548. CHAM : *M. Schey, rôle de Taxile dans « la Noix dorée ».*

AQUARELLE ORIGINALE, portant les ENVOIS AUTOGRAPHES suivants : *Mon cher Duc, je n'ai guère le sentiment du costume, mais il me semble*

*

que votre personnage serait pas mal ridicule costumé comme ci-dessus. Votre tout dévoué, Cham. — *Je dépose cette esquisse aux pieds de mon ami Schey,* Rovigo.

549. Costumes civils, militaires, etc. de tous les pays. — 570 pièces extraites de livres ou découpées dans les journaux.

550. — de toutes les époques, français et étrangers. — 112 pièces en couleur.

On y remarque : *Costumes parisiens*, 18 pl. (1807-1835), Figures de Gavarni, Hippolyte Lecomte, Touzé, Viel Castel, etc.

551. — Recueil des principaux costumes militaires des Armées alliées. *Paris*, 1815, 3 livraisons in-4 de 12 pp. de texte et 36 pl. en couleur par Finart, gr. par Duplessi-Bertaux et Levachez.

Suite rare restée inachevée ; nous avons ici tout ce qui a paru.

552. — des Dames parisiennes du XIXe siècle. — 355 pl. in-4 en couleur extraites de divers journaux de Modes.

La France élégante, L'Aquarelle-Mode, La Mode de Paris, Le Moniteur de la Mode, La Mode française, Le Salon de la Mode, La Mode actuelle, Le Coquet, La Saison, etc.

553. — Mœurs et Costumes des Russes, représentés en 50 pl. coloriées, exécutées en lithographie, par A. G. Houbigand. *Paris, Firmin-Didot*, 1817, in-fol. 23 pl. lithog. (sur 50) avec un texte explicatif seulement pour quelques planches, en feuilles.

554. Daumier : Caricatures diverses et Portraits-charges extrais du *Charivari*. — 525 pièces in-4, lithographiées, dans un carton.

On y remarque des caricatures politiques dont plusieurs dirigées contre le Roi Louis-Philippe. — Quelques-unes de ces pièces sont doublées.

555. Denon (attribué à Vivant) : Personnages en pied ou à mi-corps. — Curieux dessin à la plume divisé en deux compartiments et soigneusement monté.

556. Dessins du XVIIIe siècle : Sujets divers. — 17 pièces, de tous formats, au crayon, au lavis, à la sanguine, etc. dont 8 attribués à *Boichot*.

557. — Aquarelles, Croquis, Calques : Vues, sujets de genre, copies de tableaux, sujets religieux, types militaires, portraits, calques des figures au trait de Flaxman pour Homère, etc. — 215 pièces de tous formats.

558. Documents iconographiques et gravures diverses. — Plus de 2.000 pièces publiées séparément ou découpées dans des journaux illustrés.

Ballons, bals, carnavals, chasses, fêtes, scènes et types historiques, militaires et autres; zoologie, botanique, marine, machines, instruments, etc. etc.

559. Estampes anciennes diverses. — 170 pièces de tous formats.

On y trouve 107 pièces d'une Entrée ou Cérémonie dans les Flandres, au XVIe siècle, découpées et fixées sur papier.

560. — anciennes : Sujets religieux, mythologiques, allégoriques, historiques, etc. Reproduction de tableaux, paysages et vues diverses. — 46 pièces in-fol.

561. — anciennes : Vues de chateaux royaux, Ornementation, etc. — 34 pièces la plupart in-fol.

Vues du Louvre et des Tuileries; des châteaux de Blois, Clagny, Marly, etc.; Vue de Lyon; Candélabres, Vases; etc.

562. — diverses en couleur. — 7 pièces.

Le Cosaque galant, par Debucourt d'après Vernet. — *Adieux d'un Russe à une Parisienne*, par Debucourt d'après C. Vernet. — *Louisa, charming all, unconscious of her charms*, par Ward. London, 1786. — Le Bon Genre, n° 37 *Le Ravissement maternel.* — *Les Besoins de la nouvelle nation; dédié au corps électoral de l'Isère.* (Lithog. de Lacroix.) — 2 planches de costumes dont une d'après Lanté (*Haute classe, n° 10*).

563. Études de têtes et de diverses parties du corps humain. — 156 dessins de tous formats anciens et modernes à la sanguine, au fusain, au crayon, etc.

Réunion comprenant de belles pièces terminées sauf quelques-unes qui sont à l'état d'esquisses.

564. Gravures, eaux-fortes, lithographies, chromolithographies : Reproductions de tableaux anciens et modernes, études de têtes et du corps humain, types militaires, mélanges. — 375 pièces, la plupart in-fol.

565. — et lithographies : Sujets divers. — 7 pièces in-fol.

Cheval arabe conduit par un Mameluk, gr. par Debucourt d'après Carle Vernet. — *Réunion d'artistes*, gr. par Clément d'après Boilly. — (*Grétry traversant l'Achéron*), eau-forte de Duplessi-Bertaux d'après Joly. — Lithographies d'après Grevedon, Carle Vernet, Vigneron, etc.

566. Houel (Attribué à Laurent) : *Villa Aldobrandini* : (Monuments dans un parc avec bassin, jet d'eau, fontaine et personnages sur le premier plan).

Jolie aquarelle montée sur toile; on y remarque de beaux motifs d'architecture et de sculpture. — H. : 46 cent. L. : 64 cent.

On y a joint une esquisse au lavis du même monument présentant de notables différences.

567. ISABEY : Suite très rare de caricatures *en couleur*. — 11 pièces (la pl. 12 manque).

568. ITALIE : Vues de villes et de monuments; Plans de divers édifices anciens et modernes, de l'Italie et de ses iles. — 770 pièces anciennes et modernes de tous formats, gravées, lithographiées (les plans gravés et DESSINÉS).

On trouve ici d'importants fragments des publications suivantes, souvent accompagnés de texte : *Voyage pittoresque des isles de Sicile, de Malte et de Lipari*, par Houël, 1782, in-fol. — *Recueil de Vues et Fabriques pittoresques d'Italie*, par Bourgeois, Paris, 1804, in-fol. — *Vedute di Siena*, Sienne, s. d. in-4 obl. — *Choix de Vues Pittoresques*, par de Senonnes. — *Vues de la Sicile*, par Hackert, gravées par Dunker. Rome, Hackert, s. d. petit in-4 obl. — *Monuments antiques* pour l'ouvrage « l'Italie avant la domination des Romains », par J. Micali, Paris, Treuttel, 1824, in-fol. — *Esquisses et tableaux de Lindenmann-Frommel* (Naples, Rome et leurs environs). Paris, Goupil, s. d. in-fol. — Etc., etc.

On y remarque en outre des planches diverses d'après Moulinier, Bibiena, Bartoli (1699), Vasi, d'après Vanvitelli (*Il Disegno in prospettiva del Porto d'Ancona...* 1738, belle pièce en 3 feuilles ornée de beaux cartouches contenant des monuments de la ville), etc.

Un tiers environ de ces pièces concernant les palais, châteaux, habitations particulières, etc., sont classées méthodiquement et réunies en cahiers.

569. LAMI ET MONNIER : VOYAGE EN ANGLETERRE, par Eug. Lami et H. Monnier. *Paris, Firmin-Didot et Lami-Denozan*, 1829-1830, 4 livraisons in-fol. de 4 ff. de texte non ch. et 25 lithog. *en couleur* tirées sur 24 pl. *couvertures*.

Suite très rare.
Tache sur la première couverture et la première planche.

570. LE CLERC (Sébastien) : Divers Costumes français du règne de Louis XIV. *S. l. n. d.* — Suite de 20 planches dont un titre, in-18, remontées en 1 vol. in-12, br. couverture de papier gris.

571. LE PAUTRE (Attribué à) : Paysage avec rochers et châteaux. — Beau DESSIN à la plume et à l'encre de Chine, soigneusement monté.

572. LITHOGRAPHIES de Boilly père et fils, Horace Vernet, etc. — 84 pièces in-4.

Groupes physionomiques de L. Boilly, 35 pièces; Suite de H. Vernet pour la *Henriade*, 16 pièces; Pièces diverses de Bellangé, Charlet, Gavarni, H. Vernet, etc. etc.

573. LOUIS XVI (Portraits de) : D'après Gautier (*en divers états* dont 2 par Gaucher, avec et *avant* le Privilège); par Hubert d'après Boizot; par Le Beau; par Savart; etc. etc. — 13 pièces dont deux *tirées en bistre*.

Jolies pièces en ovale, presque toutes ornées de charmants encadrements et accompagnées d'armoiries.

574. Louis XVI : Par Duponchel, d'après Vanloo; par Le Beau, d'après Le Clerc (en pied); par Sullin, d'après Vanloo. — 3 pièces petit in-fol.

Belles pièces à toutes marges.

575. — Marie-Antoinette, etc. — 4 pièces.

Louis XVI et *Marie-Antoinette*, par Le Beau, 2 portr. en médaillons très finement gravés, tirés sur la même feuille, mais qui se trouvent ici détachés. — *Louis XVI, Marie-Antoinette, le Prince royal,* accolés, jolie pièce de forme ronde. — *Famille royale de France* (Louis XVI, Marie-Antoinette, Louis XVII, Marie-Thérèse-Charlotte, Mme Elisabeth, accolés), jolie pièce de forme ronde. — *Saule pleureur*, Paris, Basset. Pièce curieuse in-fol. où l'on voit les profils de Louis XVI, de la Reine, du Dauphin, etc. dont les contours sont dessinés par les formes des branches d'un saule et les détails d'une urne funéraire.

576. Mansart (Portraits de J.-H.), architecte né en 1646 : Par Edelinck, d'après Rigaud; par Edelinck d'après Vivien; par Simonneau d'après Detroy. — 3 pièces in-fol. courtes de marges.

577. Marie-Antoinette (Portraits de) : Par Bonnefoix, d'après Lebrun; par Brookshaw (*épreuve doublée, forte cassure*); par Dupin fils, d'après Vanloo; par Hubert, d'après Ferdink (*sans marges*); par Ruotti, d'après Cesarine; par Voyer, d'après Vanloo; lithog. par Maurin, d'après Lebrun; *Apothéose de Marie-Antoinette*, etc. etc. — 10 pièces dont 3 *en bistre*, in-8 et in-fol.

578. Mirabeau : *Mirabeau arrive aux Champs Elisées*, par L.-J. Masquelier, d'après J.-M. Moreau le Jeune. — Belle et curieuse pièce pet. in-fol. en travers.

579. Monnier (Henry) : Lithographies diverses. — 20 pièces en noir.

Rencontres parisiennes. Lithog. Senefelder. 11 pl. diverses de cette suite. — Londres. Lithog. Bernard, 2 pl. (*Le Payement des sottises; Enfans de Paroisse*). — Les Marionnettes et autres suites : *L'Aimable voisinage; Des Messieurs de bonnes maisons; Un Pauvre diable paye ses bottes; Une Grande Dame; Vertu chancelante.* — Etc.

580. — Suites de lithographies. — 51 pièces en noir.

Récréations. Paris, Giraldon Bovinet (Lithog. Bernard). *s. d.* 13 pl. diverses dont 3 en mauvais état.
Exploitations générales des modes et ridicules. Paris, Gihaut (Lithog. Senefelder), *s. d.* 5 pl. (sur 6) in-fol.
Rencontres parisiennes. Paris. Lithogr. Senefelder, *s. d.* 33 pl. (sur 40).

581. — 22 lithographies diverses en couleur.

Une Méprise. Lithog. Senefelder. — *L'Économie du fiacre.* Lithog. Senefelder. — *Quartier de la Bourse.* Lithog. Delpech. — *Grisettes.* Lithog. Ardit, 7 pl. (nos 1, 3 à 6, 23 et 42). — *Chansons de Béranger.*

Lithog. Bernard : (La Fuite de l'amour; Le Voyageur; La Mère aveugle.) — *Galerie Théâtrale*, nos 1 à 3, 5 et 6 (5 pl. dont 4 en mauvais état). — *Clément* (rôle de Vertigo). — *Théâtre des Variétés* (Mme Lafond, Mme Vautrin), 2 pl.

582. MONUMENTS (Projets et Vues de) : Églises, temples, palais, hôtels particuliers, fontaines, tombeaux, théâtres, ponts, etc. — 115 pièces anciennes et modernes, DESSINÉES, AQUARELLÉES, calquées, etc., dont plusieurs présentent de curieux détails d'architecture et de sculpture.

583. NOLLI : La Nuova Topographia di Roma, 1748, 12 feuilles réunies en une planche ($1^m,68 \times 2^m$).

584. ORNEMENTATION de toutes les époques. — 360 pièces de tous formats, extraites de divers ouvrages modernes.

Détails d'architecture et de sculpture (Autels, Bénitiers, Chaires Colonnes, Fonds baptismaux, Rétables, Stalles, etc.) : Peintures, Vitraux, Mosaïques, Tapisseries : Meubles de toutes sortes et objets d'ornements ; Bois et Ivoires sculptés : Vases, Bronzes, Orfèvrerie, Ferronnerie, etc., etc.

On y trouve en outre 97 planches des *Monuments de la vie privée des Douze Césars* et des *Monuments du Culte secret des Dames romaines*, par d'Hancarville.

585. — et Décoration de toutes les époques. — 105 pièces EN COULEUR extraites de divers ouvrages modernes.

Panneaux, Ameublement, Meubles, Draperies, Mosaïques, Vitraux, Tapisseries, etc.

586. — Décoration, détails d'architecture et de sculpture. Recueils de planches détachées. — 230 pièces de tous formats.

Importante réunion de DESSINS, la plupart anciens, à la sanguine, au fusain, à l'encre de Chine, à la plume et au crayon : Calques et poncifs.

587. — Décoration, Lustres, Suspensions, Meubles, etc. — 46 AQUARELLES de tous formats.

588. PARIS : Vue de ses rues, places et monuments actuels et disparus Églises, couvents, palais, écoles, hôpitaux, tombeaux, hôtels particuliers, anciennes portes et barrières, tours, ponts, etc.). Plans de différents quartiers et de monuments (Églises, couvents, palais, hôtels particuliers, etc.). Projets de percements de rues, de boulevards, de places et d'avenues, de lotissements. Détails d'architecture et de sculpture. — 680 pièces anciennes et modernes de divers formats, gravées, lithographiées ou découpées dans des journaux illustrés.

Une bonne partie de ces pièces sont classées méthodiquement et réunies en cahiers. On y trouve quelques planches *coloriées* et une certaine quantité de plans DESSINÉS.

589. PARIS. — Plans de Projets de percement de rues, de maisons particulières, de construction d'usines, de théâtres, promenades, marchés, etc., de Paris et de communes limitrophes. — 160 DESSINS à la plume, au crayon, calques, etc. la plupart AQUARELLÉS.

Plusieurs plans sont tachés d'humidité.

590. — Plans divers de la première moitié du XIXe siècle. — 168 DESSINS ou aquarelles en 5 cahiers in-fol.

1. Usine royale d'éclairage par le gaz. 62 plans et 5 aquarelles.
2. Gazomètre de la rue Richer, 6 plans et une aquarelle.
3. Passage Brady, 24 plans.
4. Abattoirs de Montmartre, 58 plans et 3 aquarelles.
5. Plan d'une Banque qui serait bâtie entre les rues Richelieu, Louvois et Sainte-Anne, 6 plans et 3 aquarelles.

591. — PROJET POUR LA CHAUSSÉE-D'ANTIN.

BEAU ET CURIEUX DESSIN du XVIIIe siècle mesurant 35 cent. de hauteur sur 2[m],95 cent. de longueur. On y remarque une longue rangée d'édifices, d'hôtels, de maisons en construction, etc. dessinés à la plume et à l'encre de Chine et, sur le premier plan, de nombreux promeneurs, des carrosses, des cavaliers, des régiments en marche, des voitures de transport, tailleurs de pierre, etc. le tout délicatement peint à l'AQUARELLE.

592. — VUES PITTORESQUES DES PRINCIPAUX ÉDIFICES DE PARIS. A *Paris, chez les Campion frères, s. d.* — 84 planches dont 70 *en couleur*.

Très jolie suite de planches gravées par Le Campion, Roger, Guyot et Mlle Guyot, d'après les dessins de Pernet, Sergent et Testard. Elles représentent les principaux édifices publics et hôtels particuliers de Paris et la *Vue de la nouvelle salle de spectacle à Bordeaux*.

Nous avons ici : 71 pièces (sur 110?) de forme ronde numérotées, plus 3 pl. sans marges en couleur (*Vue de l'Hôtel de Ville, Vue de la grande façade de la Bastille du côté de l'Arsenal, Vue de la Bastille prise du côté du jardin de l'Arsenal* (au moment de la démolition) : 6 pièces en ovale (*IIme Vue de la Bastille, Vue de la Place d'Henry quatre prise sur l'eau, Vue de l'extérieur des Enfans trouvés, Vue du Palais de Justice, Vue de l'Église royale et paroissiale de Saint-Germain-l'Auxerrois, Vue de l'intérieur de l'Église de Notre-Dame*) ; 2 pièces rectangulaires (*Saint-Pierre-aux-Bœufs, Saint-Pierre-des-Arcis*) ; 2 pièces en ovale en hauteur (*Vue de la cloche du Palais, Vue du bas-relief du Pont-au-Change*).

593. — VUES PITTORESQUES DES PRINCIPAUX ÉDIFICES DE PARIS. *Paris, Esnaut et Rapilly, s. d.* — 71 planches y compris un titre-front. (*Lamy*, 1815), dont 28 en couleur.

Très jolies planches de forme ronde gravées par *Janinet* d'après *Durand*. Elles sont fort rares et diffèrent entièrement de celles qui composent la suite précédente.

Nous avons ici les planches 1 à 73, moins les N°s 15, 42, 45, 49, 54, et deux planches sans numéro : *Pont Louis XVI, La Place Dauphine vue sur le Pont Neuf au bas de Henri IV.*

594. **PARIS : VUES PITTORESQUES DES PRINCIPAUX ÉDIFICES DE PARIS.** — 53 planches dont 3 en couleur.

Les présentes planches (sauf 2) sont des doubles des deux Nos précédents, savoir :
Suite des frères *Campion*, 23 planches. — Suite de *Janinet*, 27 planches dont 1 en couleur. — 2 planches en couleur sans marges et sans numéros dont une représente les *Nouveaux bâtimens du Palais-Royal*.

595. **PEINTRES (Portraits de), DESSINATEURS, SCULPTEURS** et graveurs de toutes les écoles. — 4 cartons in-fol.

Réunion très importante comprenant SEPT CENT VINGT CINQ belles pièces anciennes et modernes, gravées et lithographiées presque toujours accompagnées de notices manuscrites ou imprimées ; elles sont classées par ordre alphabétique de noms.

596. PEINTURES : Sujets divers. — 6 pièces sur toile ou sur papier.

597. PERNET : 1re (et 2me) *Vue des environs de Rome*. — 2 pièces de forme ronde gr. par Guyot, EN COULEUR.

598. PIGAL : Suites de Lithographies. *Paris, Lithographie de Langlumé, s. d.* — 116 pièces.

MOEURS PARISIENNES, 10 pl. (sur 100), dont 1 coloriée et 3 tachées.
PROVERBES (par Arago, Pajou et Pigal), 35 pl. (sur 66), dont 1 coloriée.
SCÈNES DE SOCIÉTÉ, 32 pl. (sur 50).
SCÈNES POPULAIRES, 33 pl. (sur 50), dont 1 coloriée.
DIVERS : *Charenton une place, not' bourgeois ; Toujours bon là ! jamais les bras croisés ; Tenons-nous bien ; l'Ecolier et le pédant ; le Jour de barbe* (coloriée) ; *Faites comme chez vous, je vous en prie.*

599. PIRANESI : Vues de monuments, ornementation, plans, etc. — 76 pièces in-fol.

600. **PORTRAITS** en couleur, coloriés ou en bistre. — 18 pièces.

On y remarque les portraits de *Napoléon*, duc de Reichstadt, roi de Rome ; de *La Popelinière* (MINIATURE SUR VÉLIN) ; de l'acteur *Bertinazzi*, etc.

601. — de personnages divers de toutes les époques et de tous les pays. — Environ 1400 pièces de tous formats, gravées ou lithog.

602. — **DES PERSONNAGES CÉLÈBRES** de tous les pays depuis le commencement du monde jusqu'à nos jours. — 97 cartons in-4.

Cette Collection est peut-être la plus considérable qui ait été formée par un particulier ; elle comprend près de TRENTE MILLE PORTRAITS, anciens et modernes, gravés ou lithographiés et classés par ordre alphabétique de noms.

603. **PORTRAITS D'HOMMES ET DE FEMMES CÉLÈBRES** de tous les pays. — 8 cartons gr. in-fol.

Collection importante comprenant environ TREIZE CENT CINQUANTE BEAUX PORTRAITS anciens et modernes, in-4° et in-fol., gravés ou lithographiés et classés par ordre alphabétique de noms.

604. Puget (Attribués à) : Esquisses de sculptures pour des monuments. — 2 dessins à la plume.

605. QUÉNEDEY (Edme) et CHRÉTIEN : PORTRAITS D'HOMMES gravés au *physionotrace*. — 800 pièces in-12.

Epreuves coupées au cadre et remontées.

606. — PORTRAITS D'HOMMES gravés au *physionotrace*. — 523 pièces in-12.

Épreuves à toutes marges.

607. — Portraits de femmes gravés au *physionotrace*. — 236 pièces in-12.

Épreuves coupées au cadre et remontées dans des cartouches de format in-8.

608. — Portraits d'hommes et de femmes gravés au *physionotrace*. — 40 pièces in-12.

Épreuves coloriées, la plupart coupées au cadre et remontées dans des cartouches de format in-8.

609. — Portraits d'hommes et de femmes gravés au *physionotrace*. — 28 pièces in-8, in-4 et in-fol.

Belles épreuves à toutes marges.

610. Rébus découpés dans des journaux illustrés du milieu du xixe siècle. — 300 pièces fixées sur feuillets de papier pet. in-4.

611. Révolution : Portraits de personnages célèbres, avec encadrement et vignettes. — 54 pièces in-fol.

Portraits extraits des *Tableaux Historiques de la Révolution Française*; exécutés à la manière du lavis, la plupart par Le Vachez et accompagnés de jolies vignettes, en forme de bas-reliefs, inventées et gravées par Duplessi-Bertaux, représentant des scènes de la Révolution. D'après Cohen cette suite serait incomplète de 12 portraits.

612. Serangeli (Attribué à) : Joueur de mandoline à mi-corps. — Peinture sur toile (H. : 68 cent. L. : 55 cent.)

613. Tableaux et Sculptures (Reproductions de) de toutes les écoles et de tous les temps. — Environ 2300 pièces publiées séparément ou découpées dans des journaux illustrés, clas-

sées par ordre alphabétique de noms de peintres pour les tableaux et par genre pour les sculptures.

Ce dossier comprend de nombreuses pièces extraites de divers ouvrages entre autres de la *Galerie du Palais-Royal*.

614. Théatre : Documents historiques et iconographiques. — Environ 1000 pièces extraites de journaux et publications diverses, la plupart découpées.

Portraits d'Acteurs et d'Actrices français et étrangers, gravés, lithographiés ou photographiés; Costumes et représentations de diverses pièces; Charges par Benjamin, Dantan, Lafosse, Vernier, etc. la plupart extraites du *Charivari*; Notices imprimées; etc. etc.

615. — Costumes d'Acteurs et d'Actrices dans leurs divers rôles. — Environ 300 pièces gravées ou lithographiées.

On y remarque de nombreuses planches des suites de Colin (Lith. de Noël), Lacauchie, Hipp. Lecomte, etc., etc.

616. Théatres de Paris (Plans de). — 62 dessins ou aquarelles en 6 cahiers in-fol.

1. Académie royale de musique, 6 plans.
2. Théâtre Louvois, 6 plans.
3. Théâtre des Délassements comiques, 2 cahiers contenant 10 plans.
4. Théâtre de la Porte Saint-Martin, 2 cahiers contenant 36 plans plus 4 aquarelles

617. Titien (Attribué à Tiziano Vecellio, dit le) : Sujet allégorique (enfant nu, assis sur un sablier et jouant du tambour de Basque). — Beau dessin à la sanguine (H. : 28 cent. — L. : 20 cent. 1/2).

618. Vignettes et gravures anciennes et modernes pour l'illustration des livres. — 280 pièces.

Vignettes de Garnier (avec titres gravés) pour *Racine*; de Moreau pour *Voltaire*; de Thompson (gravées sur bois) et de Grandville pour *Béranger*; de Sofia Giacomelli pour *Dante* (100 pièces); etc.

619. Vues et Plans de villes, de monuments, d'habitations d'hommes célèbres et paysages, de toutes les parties du monde. — Environ 1,700 pièces, gr. et lithogr. faisant partie d'ouvrages ou de suites, publiées séparément ou découpées dans des journaux illustrés (plans dessinés et gravés).

Habitations de personnages célèbres, de France et de l'étranger, par Champin, d'après Regnier. 51 pl. lithog. en 1 vol. in-fol. obl. demi-rel. bas. verte, non rog. — *Vues des différentes habitations de J.-J. Rousseau*. 13 pl. lithog. accompagnées de textes extraits de ses ouvrages, in-4. cart. — Etc.

Une partie des pièces isolées, comprenant des habitations particulières, pavillons, établissements publics, etc. sont classées méthodiquement et réunies en cahiers.

620. Vues de monuments et paysages de France, d'Angleterre, d'Italie, etc. — 42 pièces de divers formats EN COULEUR.

On y remarque : *IIe vue de la Grèce*, par Janinet d'après Pernet ; et plusieurs vues de Monuments d'Angleterre, publiées par Ackermann de 1811 à 1815 ; etc. etc.

621. — et Plans de Palais, Châteaux, Places, Hôtels, maisons particulières, etc., de diverses villes de France. — 490 pièces de tous formats, anciennes et modernes, gravées, lithographiées, etc. publiées séparément ou découpées dans des journaux illustrés.

Ces pièces sont classées méthodiquement et réunies en cahiers.

622. — de villes et de monuments de diverses provinces de France. — 250 pl. in-4 et in-fol. la plupart lithographiées.

AUVERGNE Vues d', par And. Raulin 1819, *Paris, s. d. Impr. lithographique de C. Motte, 1820*, in-fol. titre, 16 pl. lithog. br. couverture. — PROVINS (Vues de, par plusieurs artistes (*1822*, texte de M. D. (Du Sommerard), *Paris, Gide, et Provins, Lebeau*, 1822, 2 livraisons en 1 vol. in-4, front. et 33 pl. lithogr. cart. dos de perc. brune (légère mouillure).

BOURBONNAIS, 27 pl. ; DIJON, 36 pl. avec 13 notices manuscrites accompagnant : *Dijon ancien et moderne* ; NORMANDIE (Caen, Dieppe, Rouen, etc.), 33 pl. dont 14 lithog. de Rouen, par Jolimont ; ORLÉANAIS, Album du département du Loiret, 20 pl. ; PROVENCE : POITOU : TOURAINE ; ALGÉRIE : etc. etc.

623. — de villes, de monuments et paysages de divers pays étrangers. — Environ 450 pièces anciennes et modernes gravées et lithographiées, in-4 et in-fol.

ALLEMAGNE, ANGLETERRE, AUTRICHE, BELGIQUE, HOLLANDE : *Vues de Bruxelles, Waterloo, Spa*, lithographies de Burgraaf et Jobard. Réunion de 51 pl. en 1 vol. in-4 obl. demi-rel. bas. r. avec coins, (mouillure) ; Lithographies de Mathieu, Bachelier, Hostein, Jacottet, etc. : — 114 pl.

ESPAGNE et ITALIE : Lithographies d'Asselineau, Jacottet, Villemin, etc. — 34 pl.

RUSSIE et TURQUIE : 38 pl. et cartes grav. par Née, Auvray, Tardieu, Fessard, etc. la plupart d'après De Lespinasse ; Lithographies de Moscou et de ses monuments ; Vues de Turquie, lithographies de Languimé, Benoist, Bachelier, Deroy, etc. — 88 pl.

SUISSE : *Alpes Pittoresques*, publié par A. de Forestier. Paris, Delloye, 1837, in-4, texte encadré, demi-rel. mar. bleu avec coins, dos orné, fil. 61 pl. dont 12 de costumes *en couleur*. — Diverses lithographies, d'après Villeneuve, pour les *Lettres sur la Suisse*, 42 pl. ; etc. etc. — 117 pl.

ASIE, AFRIQUE, AMÉRIQUE : Gravures sur la Chine et ses habitants, la plupart d'après W. Alexander, 44 pl. et cartes ; gravures extraites de l'ouvrage de Chambers, 20 pl. accompagnées de texte ; Monuments de l'Indoustan, d'après Daniell, 36 pl., etc. etc. — 115 pl.

624. — et Plans de Palais, Châteaux, Hôtels, etc., de divers pays étrangers. — 350 pièces de tous formats, anciennes et

modernes, gravées, lithographiées, publiées séparément ou découpées dans des journaux illustrés.

Allemagne, Angleterre, Belgique, Écosse, Espagne, Grèce, Hollande, Pologne, Russie, Afrique, Asie, Amérique.

La plus grande partie de ces pièces sont classées méthodiquement par pays et réunies en cahiers.

625. Vues diverses anciennes : d'*Espagne* d'après Ligier, Moulinier, etc. 14 pièces ; de *Lisbonne* (après le tremblement de terre de 1755), 6 pièces par Ph. Le Bas ; de *Vienne* (Autriche) d'après Kleiner et autres, 86 pièces. — Ens. 106 pièces in-fol. en travers.

N° 1291

Paris. — Typographie Ph. Renouard, 19, rue des Saints-Pères. — 18783.

www.ingramcontent.com/pod-product-compliance
Ingram Content Group UK Ltd.
Pitfield, Milton Keynes, MK11 3LW, UK
UKHW021040260726
13994UKWH00005B/2278

9 782329 452494